Chopin

ŻELAZOWA WOLA
Geburtshaus Frédéric Chopins

Bilder
Paweł Jaroszewski

Vorwort
Krzysztof Burek

Nobilis

Żelazowa Wola

Der Ort Żelazowa Wola ist in Masowien, einem historischen Landesteil Polens gelegen, der seine Eigenart über eine lange Zeit hinweg bewahrt hat. Dieser Umstand resultierte aus der Zersplitterung des Landes in mehrere Teile im 12. Jahrhundert. Erst 1526 wurde Masowien zu einem festen Bestandteil Polens. Im selben Jahrhundert begann eine große Karriere der masowischen Stadt Warschau, die zum Königssitz, Tagungsort für Hauptversammlungen des Sejms der Polnischen Krone und Großherzogtums Litauen sowie zum Ort der Königswahlen gewählt wurde. Von der Zeit an wurde die Region immer bevölkerungsreicher.

Typisch für die Landschaft Masowiens sind weite Ebenen, von grünen Inseln durchzogen. Manche von ihnen sind Restbestände von Parks, die seinerzeit zu hölzernen oder gemauerten Gutshäusern – manchmal auch zu prächtigen Palästen – im Besitz des masowischen Adels gehörten. Eines dieser Gutshäuser gab es im Ort Żelazowa Wola, nicht weit von Sochaczew, einer alten Burg der Fürsten Masowiens. Sowohl das Gutshaus als auch das Dorf gleichen Namens gehörten zu Beginn 19. Jh. dem Grafengeschlecht Skarbek. Gutshaus des polnischen Adels, gewöhnlich mit Sattel- oder sog. polnischen Dach gedeckt und dem Kolonnaden-Haupteingang, war ein typisches Merkmal der altpolnischen Landschaft. Die Innenwände schmückten Ahnenbildnisse und prächtige Waffen als Zeugnis für das dem Adel obliegende Militärhandwerk, in manchem Zimmer konnte man in einem verglasten Schrank die Bücherrücken sehen. In solch einem Adelshaus ereignete sich das Alltagsleben der nacheinander folgenden Generationen. Vor einem Heiligenbild wurde täglich gebetet, zu den festen Tageszeiten am gemeinsamen Tisch gespeist und am Abend traf man sich auf dem Wohnzimmer, um bei Gesprächen, Gesellschaftsspielen, Nachbarbesuchen und ebenfalls beim Musizieren sich nach Anstrengungen des Tages Ruhe zu gönnen.

Eine Abwechslung bildeten im Alltag Feiertage, an denen man sich in die Pfarrkirche begab. Es kamen außerdem außergewöhnliche Ereignisse wie Geburtstage, Hochzeiten und Beerdigungen, aber auch solche von einer allgemeinen, politischen Bedeutung, die sogar unter Umständen den Lebenswandel mit sich brachten. Das Gutshaus war von Bäumen, hauptsächlich Kastanien und Linden umgeben. Im Sommer boten sie Schatten und Kühle sowie erklangen mit dem Vogelgezwitscher, im Herbst, trübe und von Wind gerissen, ermunterten sie dazu, im warmen Hausinnern zu bleiben.

In solch ein Gutshaus in Żelazowa Wola kam 1802 ein gewisser Nicolas (Mikołaj) Chopin. Er entstammte einer Weinbauer- und Stellmacherfamilie aus Marainville im Südosten Frankreichs. In Polen hat sich Nicolas Chopin als ein Sechzehnjähriger 1787 angesiedelt. Das Land, welches er sehr mochte, wurde zu seiner zweiten Heimat. 1794 trat Nicolas Chopin den Truppen des Kościuszko-Aufstands bei – einer bewaffneten Aktion, die gegen das Auslöschen des Staates Polen aus der Europakarte durch drei Eroberungsmächte: Russland, Preußen und Österreich gerichtet war. Nach Żelazowa Wola geriet

Nicolas Chopin als Hauslehrer, dem die Betreuung von vier Kindern des Gutsbesitzers, Grafen Skarbek, anvertraut wurde. Gerade zu dieser Zeit verweilte im Grafenhaus eine Verwandte des Ehepaars Skarbek, Fräulein Justyna Krzyżanowska. Die unter einem Dach verbrachte Zeit führte zur Entflammung eines heißen, gegenseitigen Gefühls. In der Pfarrkirche im nahe gelegenen Brochów haben sich Justyna und Nicolas am 2. Juni 1806 trauen lassen. Im Hochzeitsgefolge kehrten sie durch die frühjährliche Landschaft nach Żelazowa Wola, in das weiße Gutshaus, zu einem prächtigen Hochzeitsmahl zurück. In der Abendstille, bei rauschenden Linden und im Glück dieses für sie „einmaligen" Tages müssen sie wohl ihr künftiges, gemeinsames, an jenem Junitag begonnenes Leben vor Augen gehabt haben. Knapp ein Jahr später, am 6. April 1807, kam ihre erstgeborene Tochter Ludwika und rund drei Jahre später, am 22. Februar 1810, der Sohn Frédéric (Fryderyk) zur Welt. Als Frédéric gerade sechs Monate jung war, sind Chopins von Żelazowa Wola nach Warschau umgezogen, wo Nicolas Chopin als Französischlehrer am Warschauer Lyzeum angestellt wurde. Das Französisch erfreute sich in Polen zu dieser Zeit eines besonderen Ansehens. Nach der dritten Teilung Polens (1795) fielen Warschau und das nahe gelegene Żelazowa Wola an den preußischen Staat und befanden sich dann seit 1807 im Gebiet des den napoleonischen Kriegen zufolge gegründeten Fürstentums Warschau, das enge Verbündetenkontakte mit Frankreich unterhielt.

Der Geburtsort übt bekanntlich eine magnetische Kraft aus. Er zwingt dazu, an ihn zu denken und zieht einen an. Der junge Frédéric besuchte häufig Żelazowa Wola. Von der Hauptstadt Warschau war der Ort knapp 50 Kilometer entfernt. Voller Freude kam Frédéric immer wieder in das Gutshaus am kleinen Fluss Utrata, an die ihm nahen Menschen und die ihm so vertraute Landschaft zurück. Bei den Gutshof- und Bauernfesten, Erntedank- oder Kirchweihfesten lauschte er eifrig den Melodien Masowiens. Der polnische Ton, im Schaffen Frédéric Chopins mit einer dermaßen großen Kraft vertreten, hatte gerade hier, in Żelazowa Wola, seine Quellen.

Verwalter des Chopin-Schaffens, der russische Komponist Mili Balakiriew, hatte gegen Ende des 19. Jh. (zu dieser Zeit gehörte Masowien dem Romanow-Imperium an) vor, das Gutshaus in Żelazowa Wola zu erwerben und ihm Charakter des Chopin-Museums zu verleihen. Den erforderlichen Betrag konnte er jedoch nicht aufbringen, so hat man sich schließlich damit zufrieden gegeben, 1894 im Park einen Obelisk mit Chopin-Reliefbild zu stiften. Nach dem 1. Weltkrieg wurde der ursprüngliche Zustand des Gutshauses im Unabhängigen Polen wiederhergestellt. Die Anlage wurde 1939, kurz vor Ausbruch des 2. Weltkrieges, für die Besucher freigegeben. Aus jener Zeit stammt ebenfalls der prächtige Park um das Gutshaus herum, eine raffinierte Komposition aus Bäumen, Sträuchern und Blumen, das Werk von Prof. Franciszek Krzywda-Polkowski. In das mit Pietät nach dem 2. Weltkrieg renovierte weiße Gutshaus an der Utrata (Stichwort war 1949, Feierlichkeiten zum 100. Todesjahr des Komponisten) kam Frédéric Chopin mit seinem Schaffen dauerhaft zurück. Eine Besuchssaison nach der anderen füllen die Terrasse des Gutshauses Gäste, um Musik zu hören, deren Schönheit zeitlos ist. Diese Musik begleitet ebenfalls Besucher, der durch Räume des weißen Gutshauses wandert. Mit musealen Mitteln wurden hier das Aussehen und Klima eines Ortes rekonstruiert, wo sich etwas wahrlich Ungewöhnliches ereignet hat: wo ein großer polnischer und europäischer Komponist zur Welt gekommen ist.

Prächtiger Park um das Gutshaus, angelegt in der Zeit zwischen den beiden Weltkriegen nach einem Entwurf von Prof. Franciszek Krzywda-Polkowski. Das renovierte weiße Gutshaus (mit der Renovierung wurde 1948, zum 100. Todestag des Komponisten begonnen) ist von einer eindrucksvollen, raffinierten Komposition von Bäumen, Sträuchern und Blumen umgeben.

Ein warmer Innenraum der Gutshausküche – Kachelofen, Kamin, stilechtes Küchengeschirr in den Regalen. Die Vorstellungskraft zeichnet Bilder aus der Jugendzeit des Komponisten: Treiben am Kamin, Speisengerüche, am Kamin knallende Funken…

Musiksalon, voller Musik von Frédéric Chopin – hier werden im Frühjahr und Sommer Konzerte veranstaltet, die für Interesse des Publikums aus allen Ecken der Welt sorgen. Dann füllt die Musik diesen eher kleinen Innenraum und verbindet sich auf eine magische Weise mit den Parkgeräuschen wie Vogelgezwitscher und Bäumerauschen, während die Sonne Fenster mit Gardinen sanft aufhellt. Einrichtung des Salons bilden stilechte, aus dem alten Gutshaus erhaltene Möbel.

Porträt Frédéric Chopins – Kopie eines Gemäldes von dem holländischen Maler Ara Schaeffer.

Esszimmer war der wichtigste Raum im polnischen Gutshaus – hier trafen sich täglich die Hausbewohner, hier wurden auch oft die Hausgäste, nach dem altpolnischen Gastlichkeitsprinzip: „Gast ins Haus – Gott ins Haus“ empfangen. Den Innenraum ziert eine Schrankuhr aus dem 19. Jh., die neben der Uhrzeit ebenfalls den Tag und Monat zeigt. Schlagen dieser Uhr maß Rhythmus des Lebens im Gutshaus ab: Es war mitunter wichtig für Hausbewohner, die auf ihre Mahlzeit warteten. In diesem Zusammenhang schrieb 1825 der fünfzehnjährige Frédéric an seinen Freund Jan Białobłocki Folgendes:

„Du weißt schon, um welche Zeit ich an Dich schreibe, wundere Dich somit nicht, dass so kurz und so sachlich, denn ich habe noch Hunger…“

Unter den Mahagoni-Biedermeiermöbeln nimmt ein Flügel aus dem 19. Jahrhundert, Frédérics Lieblingsinstrument seit seiner jüngsten Jahre, einen wichtigen Platz ein.

Die Salon-Wände schmücken Porträts der Eltern und der Schwestern von Frédéric Chopin.

Neben dem Zimmer Alkoven, in dem Mutter Frédéric Chopins wohnte. Die Marmorvase füllen immer frische Blumen als ein symbolischer Ausdruck der Huldigung der Mutter des großen Komponisten.

Imienin dziś Twoich, Mamo ci winszuję!

Niech uszczą Nieba, co w mym sercu czuję.

Obyś zawsze zdrową wraz szczęśliwą była

Jak naydłuższę życię pomyślnie pędziła

F. Chopin 16 czerwca 1817

Porträts der Chopin-Eltern sowie eine Widmung Frédérics an seine Mutter.

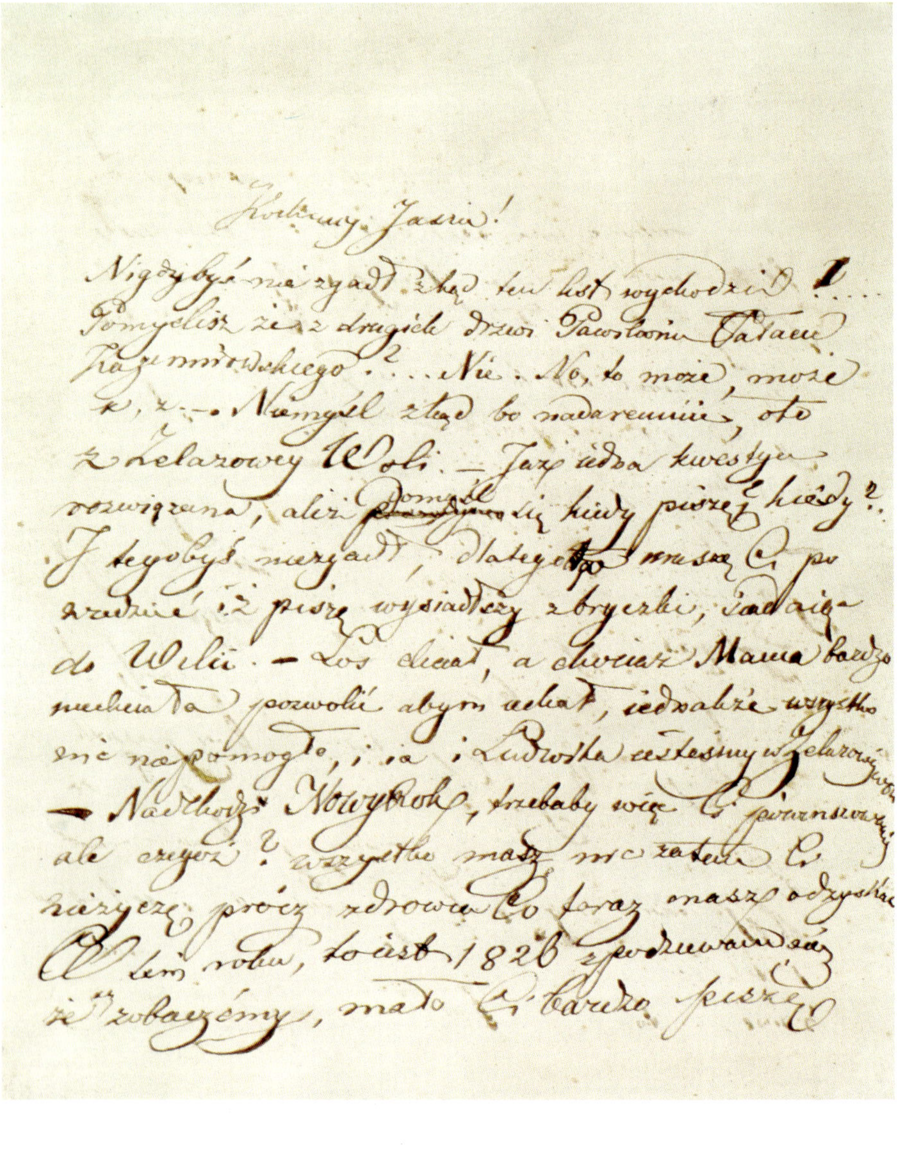

Kochany Jasiu!

Nigdybyś nie zgadł skąd ten list wychodzi!...
Pomyślisz że z drugich drzwi Pawilonu Pałacu
Kazimirowskiego?... Nie. No, to może, może
z, z... Nie myśl skąd bo nadaremnie, oto
z Żelazowey Woli. — Teraz wszak kwestya
rozwiązana, aleś pomyślał się kiedy piszę, kiedy?..
I tegobyś nie zgadł, dlatego to muszę Ci po
wiedzieć iż piszę wysiadłszy z bryczki, jadąc
do Wilii. — Los chciał, a chociaż Mama bardzo
niechciała pozwolić abym jechał, jednakże wszystko
nic nie pomogło, i ja i Ludwika jesteśmy w Żelazowey.
— Nadchodzi Nowy Rok, trzebaby więc Ci pierwszego winszować,
ale czegoż? wszystko masz nic zatem Ci
nie życzę prócz zdrowia co teraz masz odzyskać
W tem roku, to jest 1826 spodziewam się
że się zobaczymy, mało Ci bardzo piszę

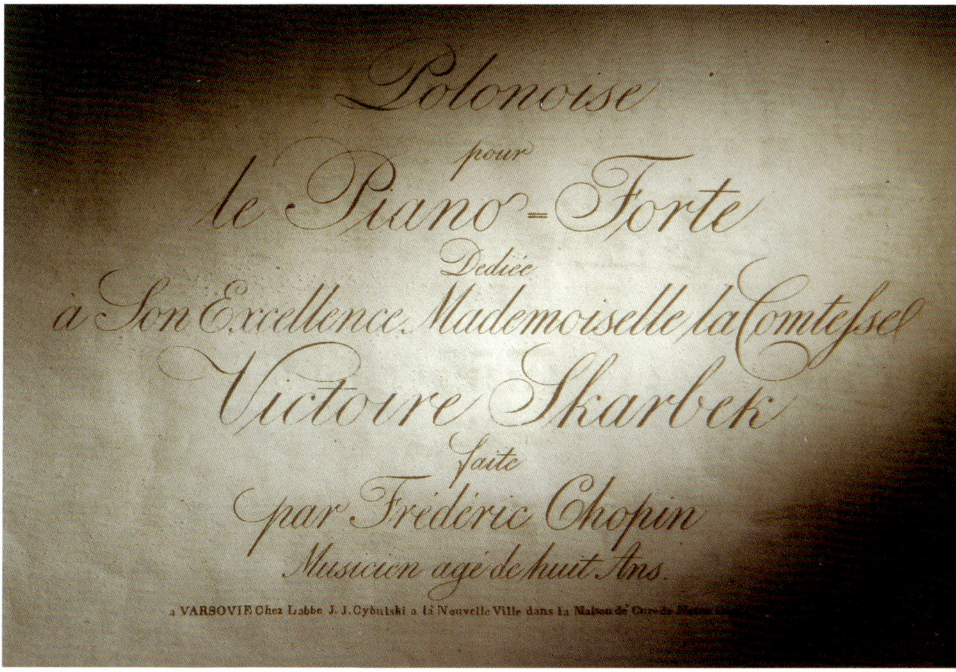

Das Werk mit der Widmung „Polonaise pour le pianoforte, dédiée à Son Excellence Mademoiselle la Comtesse Victoria Skarbek faite par Frédéric Chopin, musicien âgé de huit ans" erschien im Druck zum ersten Mal 1817 in Warschau. Gräfin Viktoria Skarbek, der der minderjährige Komponist sein Werk zugeeignet hatte, war die Schwester von seinem Paten, dem Grafen Fryderyk Skarbek.

Angelica Catalani, eine berühmte italienische Sängerin, gastierte in Warschau um die Jahreswende 1819/1820. Sie hatte die Gelegenheit, ein Konzert von dem damals zehnjährigen Frédéric zu hören und hat voller Anerkennung ihrer Dankbarkeit mit einem großzügigen Geschenk, einer goldenen Uhr mit gravierter Widmung, Ausdruck gegeben.

Die geschenkte Uhr führte Frédéric Chopin immer mit – gegenwärtig gehört sie den Sammlungen der Frédéric-Chopin-Gesellschaft in Warschau an.

onoise

An der Wand auf dem Arbeitszimmer des Vaters von Frédéric, in der damaligen Bibliothek mit einer Büchersammlung aus dem 19. Jahrhundert, hängt eine Zeichnung von dem vierzehnjährigen Frédéric, die eine Landschaft mit einer romantischen Brücke darstellt.

Das Denkmal für Frédéric Chopin, ein Werk von Józef Gosławski, wurde 1969 im Park aufgestellt.

Nobilis
Wydawnictwo NOBILIS Krzysztof Sobieraj

ul. Dominikańska 33
02-738 Warszawa
tel./fax: +48 22 8531261
e-mail: nobilis_1@wp.pl

Bilder:
Paweł Jaroszewski

Vorwort:
Krzysztof Burek

Übersetzung:
Maurycy Merunowicz
Letterman

Druck:
Łódzka Drukarnia Dziełowa

ISBN 978-83-60297-22-3

Polonoise